· AARON BLABEY ·

the BAD GUYS

バッドガイズ

アーロン・ブレイビー
中井はるの 訳

2

にわとりたちを
救いだせ！

The BAD GUYS #2
by Aaron Blabey

Text and illustrations copyright © Aaron Blabey, 2015
First published by Scholastic Press an imprint of Scholastic
Australia Pty Limited in 2015.
This edition published under license from
Scholastic Australia Pty Limited
through Japan UNI Agency, Inc., Tokyo

Book design by Tomoko Fujita

· AARON BLABEY ·

the BAD GUYS

EPISODE

ワンワン ニュース！

きんきゅうニュースです！

のら犬の保護施設が
何者かにしゅうげき
されました！

事件現場から、
ティファニー・フワフワットが
お伝えします！

ティファニー、どうぞ！

チャック・メロン　チャンネル**6**

現場のティファニーです！

こちら事件現場です！
今日、**のら犬の保護施設**で
ショッキングな事件が
おきました。

ナゾの一団が
施設のかべをこわしておし入り、
200匹の犬たちが
施設から逃げだしました！
はんにんたちは、
ハデな改造車に乗りこんで
走りさったそうです。

ティファニー記者 チャンネル6

2

事件の当日、現場にいた
警備員の**グラハム・プロンカー**さんです。

はんにんの姿は見ましたか?

そ、それが、あんまりにも
あっというまだったんだな。
はんにんは4人だったと思う……

ひとりは
まちがいなく
オオカミだな。

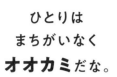

チャンネル

6

ニュース

防犯カメラ　どくせん映像!

鋭い目つき、とがったキバ
そして、ぶきみな
笑みをうかべてたな。

ヘビも
いたな。

チャンネル

6

ニュース

このヘビに、見おぼえは?

ぶさいくなヘビだった。
なぜかわからないけど
すごくふきげんな顔してたな。

4

この**女の子**もいたな……

かわいい女の子？ それともおそろしいサメ?

チャンネル**6**ニュース

けど、あれはでっかい**サメ**
だったかもしれない。
ん〜、やっぱりどっちだかわからないな。

イヤーな感じの
チビの魚も
いたな。

逃亡中のイワシオバケ?

チャンネル**6**ニュース

たぶん、**イワシ**だな。
よくわからないけどな。

ナゾの一団は、
見るからに
危険な感じ
だったんですね？

そうなんだ。
危険な連中だ。
もっと言うなら……

犬保護施設から生放送 チャンネル❻

第1章
それなら、もう一度やる！

なんだこのニュースは？
オレたちは、
ヒーロー だぞ！

それに、何度も言ってるけど
オレは、イワシじゃない！
オレは、
ピ ラ ニ ア だ！

ガリ！ ガリ！ ガリ！

ほら、言ったじゃろ。だれも、オレたちが
いいヤツだなんて思ってくれない。
警察がやってくる前にイチぬけじゃ。やめる。

ミスター・スネーク、やめちゃだめだ！
まだはじめたばっかりじゃないか！

犬たちを助けたとき、
いい気分だったろう？

オレたちがヒーローだって、
みんなに**気づいてもらえば**いいんだ。

注目をあびるような
すばらしいことを
やればいいのさ！

どんなことを
するっていうんだ？

11

これさ！

お日さまにっこり
にわとり農園

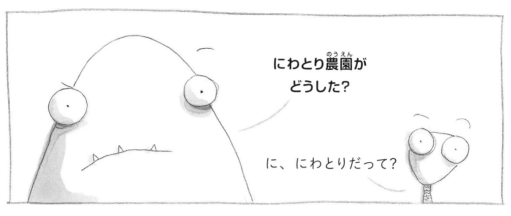

にわとり農園（のうえん）が
どうした？

に、にわとりだって？

にわとりって
言（い）った？

にわとり農園（のうえん）？
でも、そのにわとりちゃんは
とっても幸（しあわ）せそうだ。
助（たす）ける必要（ひつよう）なんてあるのかピラ？

そりゃ、あるさ。

農園の中に何羽いるか知ってるか？

10,000羽だ！

ちっちゃい小屋で
朝から晩まで!!

くらーいところで、
あそびまわることだって
できないんだ！

14

うわぁ、そりゃひどい!
そんなかわいそうな話
はじめて聞いた!

ここで話してる場合じゃないピラ!
オレたちがかわいそうな
にわとりちゃんたちを
自由にしてやろう!

いこう!いこう!いこう!
いこう!いこう!いこう!
いこう!いこう!いこう!
いこう!いこう!いこう!

いこう!

ミスター・スネークは
どうしたんだ?

さあな。根っからの
にわとり好きなんじゃないかピラ?

じゅるる～　　じゅるるる～

16

うほほ〜 うまそうじゃ〜

おい、だいじょうぶか?

え?

じゅるる

17

ああ、しつれいした……
にわとりって、おいしいなって思って、
あ、じゃなくて、つまり、きょうみをそそる話じゃ。
いますぐ、にわとりちゃんたちを
助けてやろう。

ああ、そうかんたんに
いけばいいんだが。
ちょっとわるい知らせがある。

お日さまにっこりにわとり農園に

侵入するのは不可能

なんだ！

アリンコ１匹入れない
てっぺきの防犯システム!

高さ10メートルの鉄のかべ!
しかもそのかべの厚さは３メートルだ。

窓はなく、
シャッターは
ぶあつくてがんじょうだ。

もしうまく中に入ることができても、すぐにつかまっちまう。

床にふれたらアラームが鳴る！
かべにふれたらアラームが鳴る！
アミ目のレーザービームにふれても
アラームが鳴る！

・床のアラーム

・かべの
アラーム

・レーザー
アラーム

レーザービーム
だって？

なんでそんなこと
オレたちに教えるんだ？
こんなむずかしい仕事、
できっこないピラ!

ああ、オレたちにはできっこない。
でも、できるヤツがいるんだ。

だれだ？

しゅる
しゅる
しゅる

オレ様さ！

第2章
天才ハッカー
タランチュラ

よお、みんな！
よろしくたのむぜ！

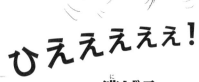

ひええええ！

みんな、逃げろピラ！
タランチュラだ!!

うぅっ。おいら
息(いき)ができない……
クモ、こわい……
ム、ムリ……
苦(くる)しい……

おい、
うそだろ?

ごめんな、レッグズ。
こいつら、
どうかしちゃってるんだ。

ウルフ、いいんだ。
いつものことさ。

レッグズだって?!
この悪党と知り合いなのか?

ヒーロークラブに
タランチュラを
仲間入りさせるなんて
どういうことなんじゃ?

息できない……
クモ、こわい……
ママ助けて……
ママどうにかして……
おうちに帰りたいよ……

ミスター・シャーク！　しっかりしろ！！
レッグズも、オレたちと同じ(おな)なんだ。
さわぐなんてなさけないぞ！
評判(ひょうばん)がわるいだけで、ほんとはいいヤツなんだ。

ウルフちゃん、
ありがとうな。

いや、タランチュラは**危険(きけん)**じゃ。

同感(どうかん)だ！
それに、なんでズボンを
はいていないんだピラ？

27

ズボンははかない。自由でいたいからな。

息が苦しい……
ズボンははかないだって……
こわい……ムリ……

そう言うなよ。

レッグズ、おまえの実力を見せてやれよ。

警察のサイトにはだれも
アクセスできないはずだ！

セキュリティがピカイチのはずだぞピラ！

まあ、たしかにむずかしいけどな。

ミスター・スネークを
ごきげんにさせちゃうことだって
できるのさ。

天才ハッカーのレッグズには
朝めし前さ！
コンピューターについちゃ
ノーベル賞レベルだ。
こいつとなら
にわとり農園の中に入れるぞ！

おほめにあずかり、うれしいぜ。
まずはデータをもとにもどさなきゃな。
トラブルにまきこまれるのは
ごめんだからな。

スネーク、わるいが、
また危険なヤツにもどす。
ホントはいいヤツだけどな……

おい！

ヒーロークラブ
すごくいいよね!
メンバーになれて
うれしいな。
すぐにみんなと
なかよしさ!

タランチュラが……

ズボンはいてないし……

おいらの頭の上にいる……

バタン!

おい、クモ。
おまえに言いたい。
ズボンをはけ。

つるん!

第3章

ミッション・マジ・インポッシブル

みんながあんまり言うから、
こうしてみた。どうだい？

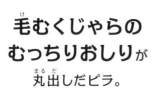

毛むくじゃらの
むっちりおしりが
丸出しだピラ。

よせよ、
ピラニア。
いいから
話を聞け。

よっしゃ、
計画を話すぞ。

にわとり農園に入るには、
農園のメインコンピューターに
侵入して、警報装置を
切るだけでいい。

だが、
問題がある……

セキュリティの高い
農園のシステムに
侵入するには、
この**USBメモリ**を
メインコンピューターに
さしてもらう必要があるのさ。

それができれば防犯システムを
すべて切ることができる。
おまえたちは無事に
にわとりのところに
行けるってワケさ。

ちょい、まて。
警察のオレの情報は
ハッキングできるけど、
オレたちの力なしじゃ、
**にわとり農園のコンピューターを
ハッキングできない**
ってことか？

そうだ。ヘンだろ？
それだけこの農園が
手ごわいってことさ。

そんなに手ごわいなら、どうやって
コンピューターまでたどりつけば
いいんだ？　ウルフは、建物の中に
入るのはムリだって言ってたピラ!

ひとつだけ
方法があるのさ。
かんたんじゃないけどな……

屋根に
ちいさな通気口
がある。
ロープをつたって
30メートル下の農園の
メインコンピューター
までおりる。

それにオレの
USBをさすってワケ。

だが！

注意が必要だ。
かべや床にふれたら、
アラームが
鳴って
つかまる。

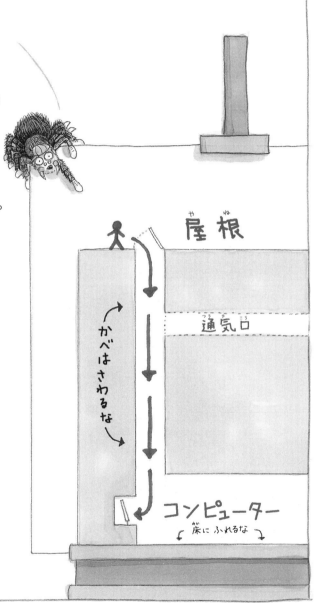

屋根

通気口

かべはさわるな

コンピューター

床にふれるな

それだけ？
そんなにむずかしくなさそうだピラ。

まだ話は終わってない。

USBをコンピューターに
さしたら、
ロープをつたって、
通気口に入れ。
にわとりたちのいるところに
通じるトンネルを
ぬけるんだ。

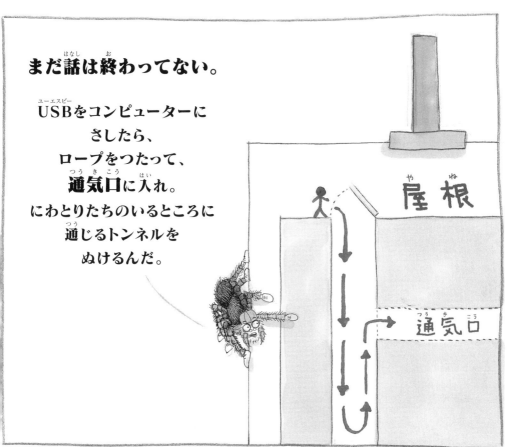

屋根

通気口

やっぱり、それも
かんたんにやれそうピラ。

まだ話は終わってないっ。
にわとり小屋の前には
レーザービームの部屋があるのさ。
ちょっとでもふれたら、アラームが鳴る。

しかも、レーザーは
あたると、めちゃくちゃいたいんだ。

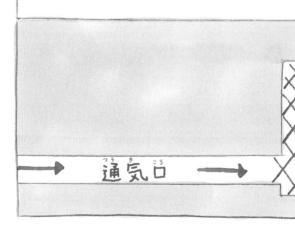

→ 通気口 →

レーザー

なんでレーザーが切れないんだ？
防犯システムのスイッチは
すべて切れるんじゃないのか？

もちろん、
ほかのアラームは切れるんだ。

でも、**レーザービーム**は
中に入って、
だれかがスイッチを
切らなきゃいけない。

つまり……オレたちがスイッチを
切ればいいのか？

そういうコト。

それでもそんなにむずかしくなさそうだピラ。

そう思うのは
まだ話が終わってない
からだ。

スイッチは、部屋の出口にある。
だから、レーザービームのアミ目を
くぐって たどりつかなきゃいけないのさ!

にわとりは
こっち

それで話は終わりかピラ？

まあ……そうだな。

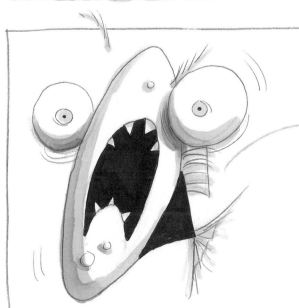

とんだ
いかれた話
だピラ!
**できるわけ
ない**だろ
ピラ!

いや、オレたちならできるさ！
協力しあえばできる。
スネークとピラニア、オレといっしょにこい！
中に入って、
このUSBをコンピューターにつないで、
にわとりたちのところに行こう！

**きっと、
うまくいくぞ！**

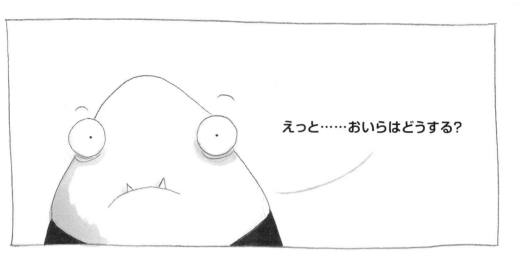

えっと……おいらはどうする?

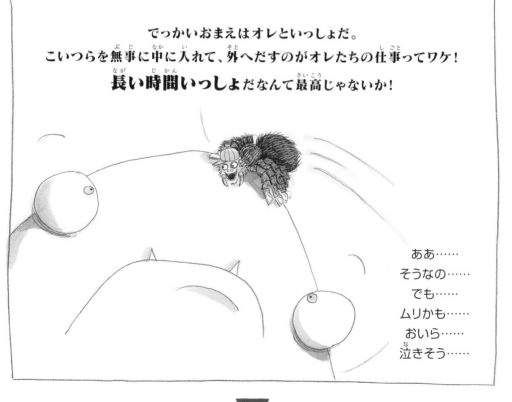

でっかいおまえはオレといっしょだ。
こいつらを無事に中に入れて、外へだすのがオレたちの仕事ってワケ!
長い時間いっしょだなんて最高じゃないか!

ああ……
そうなの……
でも……
ムリかも……
おいら……
泣きそう……

泣いてる場合じゃないぞ
ミスター・シャーク。

さあ、
にわとりたちを
助けにいこう！

第4章
通気口の中へ

おい、おまえら、
すみっこでなにしてんだ？

おい、タランチュラ!
なんでこんなダサい
全身タイツを着なきゃ
ならないんだピラ?

しーっ!
ピラニアちゃんだまって!
この全身タイツはあつくないし、
見つかりにくいのさ。

しかも!

このスーツには
マイクとイヤホンが
ついているから、
通話ができて
サイコーにべんりなワケ!

わかったか?

おいウルフ、本当にこの中に
にわとりがいるんだろうな?

いるに決まっているだろ。
なにを心配しているんだ?

いや、べつに。
オレはにわとりが**好き**でね。
とっても**お**い**し**い、じゃなくて、
とっても**お**会**い**するのが
楽しみ……ってことさ。

にわとりを助けにきているんだって
ことはわかっているよな？

まあな。

にわとりたちを食べようだなんて
思ってないだろうな？

まあな。

おい！　さっさとはじめようぜ！
このスーツ、こすれてすごくかゆいピラ。

さあ、ミスター・シャーク、
なにをするかわかっているよな？

1、2、3でゆっくりオレたちをおろしてくれ。

**いち……
にぃ……**

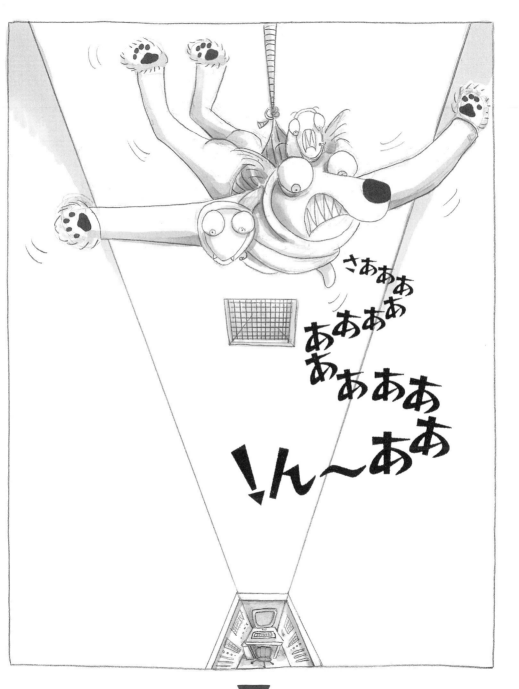

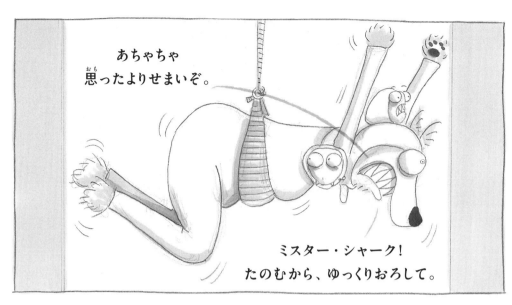

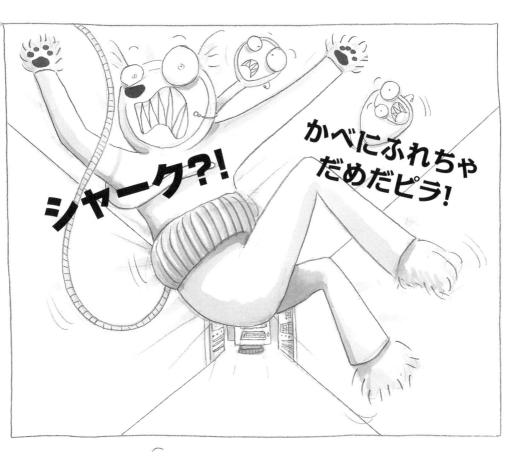

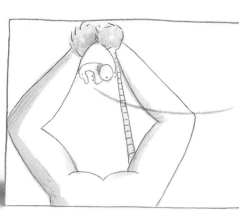

あぶなかったピラ～！

おっ、ミスター・ウルフ
おまえの顔、

おしりそっくりだなぁ?

なに?

ごめん。まちがえたピラ。

みろ! コンピューターだ。
手がとどきそう……

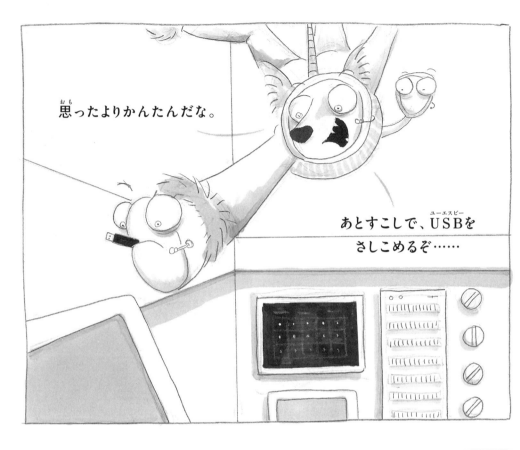

思ったよりかんたんだな。

あとすこしで、USBを
さしこめるぞ……

あとすこし。

えっと……
ウルフ？

ブー！

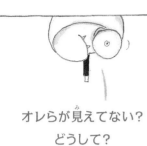

オレらが見えてない?
どうして?

しーっ。わからないよ。
目がわるいんだろ。
さあ……どうする?

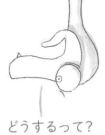

どうするって?
作戦中止に
決まってる!
シャーク?!
脱出じゃ!
ひきあげてくれ!

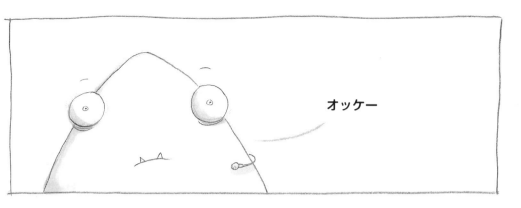

オッケー

ちょっとまった!
ヤツの食い物を見ろピラ!
イワシのサンドイッチだ。

いい考えがある。

ピラニア、まさか
トンデモないことやる気か？

そのトンデモナイことをやる気さ。
幸運をいのってくれピラ。

ビューン！

おい、やめろ！

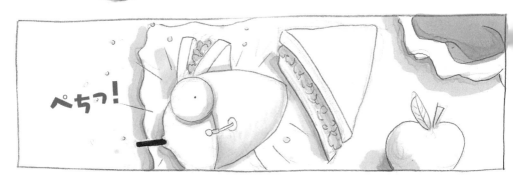

ぺちっ！

するん　するん
するん

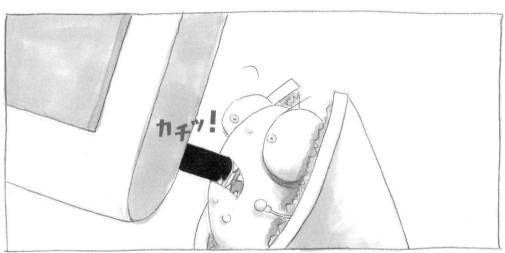

カヂッ!

やった! USBをさしたぞ!

よしっ!
次はオレの番だ。
さて……

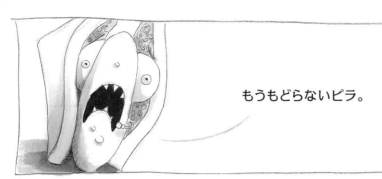

もうもどらないピラ。

なんだって？ おまえを見すてる
わけにはいかない！

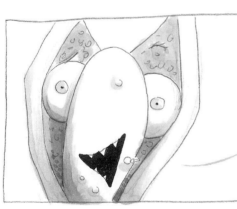

これでいいんだピラ。
ほかに道はない。

かわいそうなにわとりたちを
救うんだ!
オレのために!

ウルフ、もう行くんじゃ！
シャーク、ひきあげてくれ！

りょうかい。

いそげ！
はやく通気口へ入るんじゃ！

なんて
ゆうかん
なんだ！
オレたちの
ために
ぎせいに
なるなんて。

さらば
友よ。

作戦どおりにすすむんじゃ。
はらがへって……じゃない、
はらはらだけど
にわとりを助けようぜ。

そうだな。
先に
すすもう。

すまん、
ミスター・ピラニア!
無事でな。

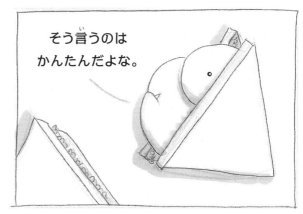

そう言うのは
かんたんだよな。

第5章

落ちるな、気をつけろ!

なぁ、ミスター・スネーク
オレが言ってたのはこのことさ。
ピラニアのおかげで
ここまでこられたんだ。

チームっていいなぁ!

はい、はい、そうじゃな。
わかったよ。それで、
にわとりはどこじゃ?

すぐそこさ。

想像していたよりもずっと楽だな。
心配してソンした……

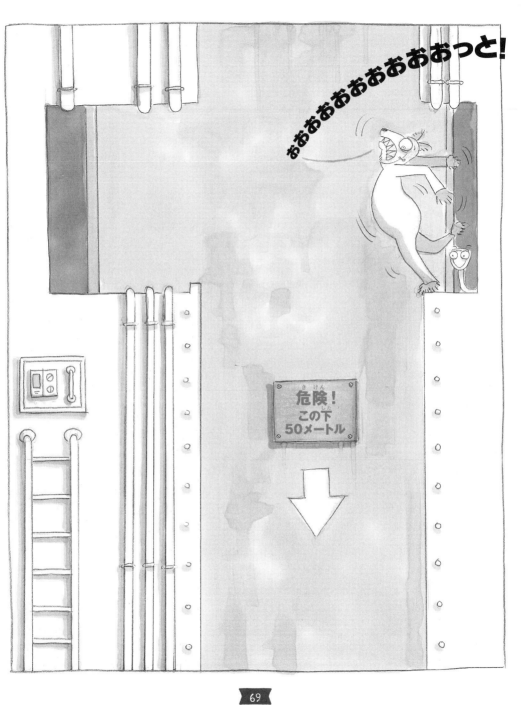

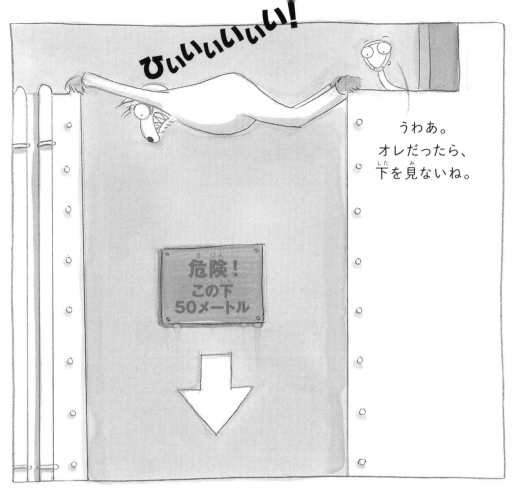

うわあ。
オレだったら、
下を見ないね。

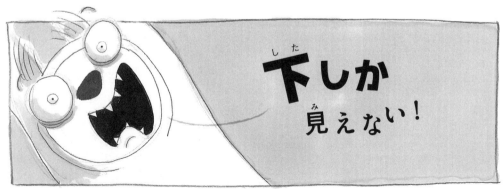

おい！　いい考えがある！
おまえは、ここにいたらどうじゃ？

オレがにわとりたちを
パクっと、じゃなくて、
ハグしてくるよ。

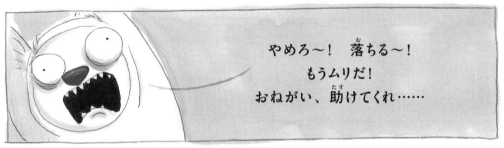

やめろ〜！　落ちる〜！
もうムリだ！
おねがい、助けてくれ……

えっ？
それはちょっとめんどうだな。

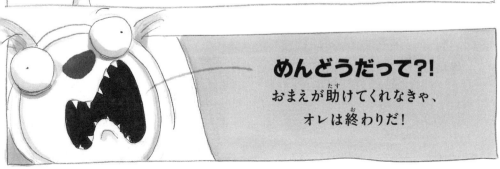

めんどうだって？！
おまえが助けてくれなきゃ、
オレは終わりだ！

まったく。いつも
自分のことばっかりじゃな。

つるん

つるん

うわっ！

ぎゅっ！

おっと、
ちょっとまて。
これでマシになった！

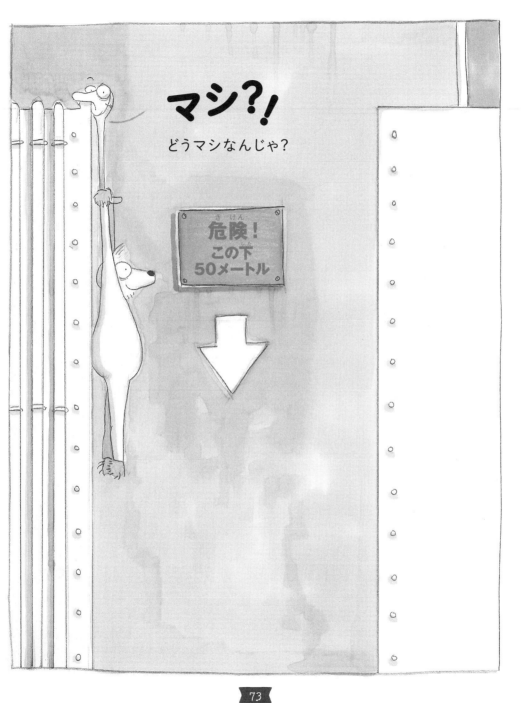

ウルフ、
やせろ！
重すぎる！

お、おい！
そんなこと
言ってる場合じゃないぞ。
ふ、ふたりとも
ヤバい。
おい、なんか
いいアイディアは
ないのか？

なにがなんでも
**ふたりで
助かる方法**を
考えるんだ！

そうだ！！

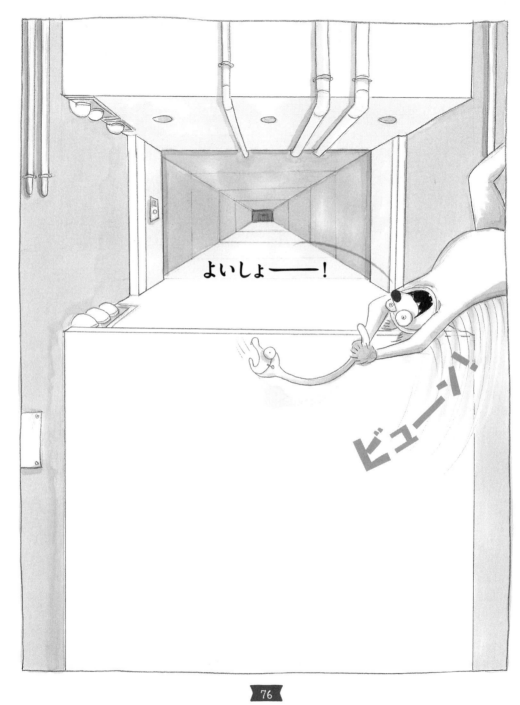

第6章

ふたりともなかよくしよう

まずいピラ。

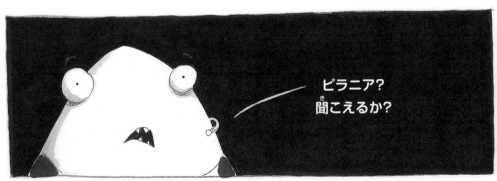

ピラニア？
聞こえるか？

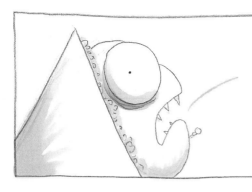

ミスター・シャークか?
オレは、いまからサルの
ランチになるところだ。

しっかりしろ、ミスター・ピー。
助けに行くからな。

ぴょん!

よう、友よ、
オレも
てつだおうか?

やめて……ムリ……
息（いき）ができない……

やめて……

ほんと……

息（いき）ができない……

おい、なんだ？
どうしたんだ？

クモ……ムリ……こわいよ……

そうか。でもどうしてなんだ？
はっきり言ってくれないか。

えっとね……
きみは、目がいっぱいあるし、
足もいっぱいすぎ。
見るだけでも
こわいんだ。
こわくて
吐きそう!

だけど……こんなこと言っちゃって
キズついたよね。

いいんだ。

いや、本当にひどいことを言ってごめん。
おいらのこと、すごくいやなヤツだって
思ってるよね。

いいんだ。どってことない。
おまえ、いいヤツそうだし。
けど、ひとつ言わせてくれ。

うん、もちろん。

だいたい
オレがタランチュラなのは、おまえが

でっかくて、おそろしい
海のかいぶつ

なのと同じでどうにもならないんだ！

いいかげん
クモをきらうのは
卒業しろよ。

オレと
協力しあえば、
だいじな友だちを
助けること
だって
できるんだぞ！

そ……そうだね。

わるかったな。
いまの、すごく
言いすぎた。

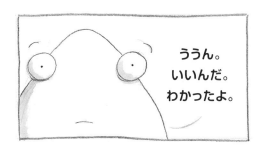

ううん。
いいんだ。
わかったよ。

よし……それじゃあ……
ミスター・ピラニアを、どうやって助ける？

シャーク、おまえは変装するのが
すごくとくいだって聞いてるぞ、だろ？

そうだよ。とくいだね。

なるほど。
オレは手先がけっこう器用なんだ。
協力してピラニアを助けようぜ！

わかった。
でもどんな変装をすれば、
にわとり農園の中に
入れるかな？

まずはそのまくらから
羽毛をとりだすんだ、
ミスター・シャーク。
そしたら教えてやる。

第7章

ヒーローに
なるんだ！

うわ！ 見ろよ
レーザービームだ！
ぜったい
通りぬけられないぞ。

こまったなあ。

にわとり
小屋 ➡

なーんにも問題ないさ。
オレなら通りぬけられる。
ここは **オレだけ** でやる。
まかせろよ。

ほんとかー?

ああ、もちろんじゃ。
するする通りぬけて
にわとりのごちそう……じゃなくて、
にわとりを逃がす んじゃ。

そう、
逃がすのさ。
へへへ。

むこうに行ったら
レーザーのスイッチを
切ってくれるか?

ああ、もちろんじゃ。

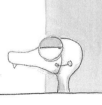

やったな！ スネーク
最高だ！

さあ、レーザーのスイッチを切ってくれ、
まかせたぞ！

ああ、もちろんじゃ。
スイッチを探すから
まってくれ。

ゆっくり探していいぞ！

おまえって最高！

オレはなんて仲間にめぐまれてるんだ！

♪ ♫

ヒュ〜

ヒュ〜

おい、15分たったぞ。

ミスター・スネーク、どうした？

おお！ レーザーが切れた！

うわっ、ずいぶん暗いな。

ミスター・スネークはどこだ？

スネーク！
だいじょうぶか？

げほっげほっ

うぐっ　げほっ

なんかヘンだなぁ。
だいじょうぶか？

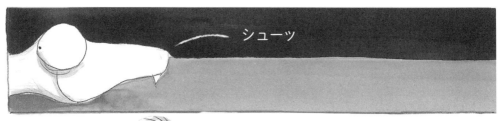

シューッ

おいおい。

まてよ……
まさか……

スネーク?!

なにをしたんだ?!!

イヤだね。

スネーク、おまえに
計画(けいかく)のじゃまはさせない。
ぜったいにな。

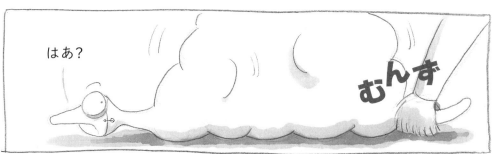

はあ？

むんず

ぜったい、
に、
な。

まったく！
なんてことしたんだ！

オレはヘビじゃ。
どうすると思ったんだ？

いいや、
ミスター・スネーク。
おまえはいいヤツだ。
だから、ここの10,000羽のにわとりを、
1羽残らず、無事に逃がして
幸せにするんだ！
わかってるよな？

第8章

あっちこっちに、にわとり

さあな。とにかく
小屋（こや）の中（なか）にもどそう。

ランチのじゃまして
すまないな。

だいじょうぶさ。
いそいで食（た）べるよ。

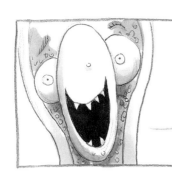

ぜんぜん気づかなかったよ!

だろ?　おいら
変装とくいなんだ。

ビー!ビー!ビー!

しまった!
あいつらアラームを鳴らしたぞ!

ビー！ビー！ビー！

ウルフと
スネークが
つかまっちゃう！

こちらレッグズ！
みんな、逃げろ！
つかまるぞ！

ビー！ビー！ビー！

仲間をおいて
逃げたりしないピラ。

にわとりも
助けるんだ。

とびらを開けたのに、
逃げないぞ。
こいつら
おバカなのか？

こわがっているのさ。

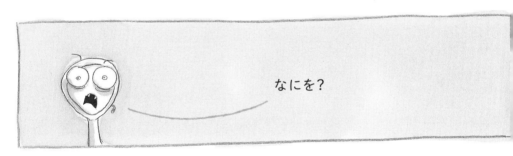

なにを？

にわとりを
食おうとしたきみを
こわがっているんだ！

すまん。
つい、やっちゃったんじゃ。

「すまん」じゃないよ、
ミスター・スネーク。
どうすりゃいいんだ?
にわとりたちはこわがっている。

たよれるだれかが
必要(ひつよう)なんだ。
信用(しんよう)できるだれかがな。

必要(ひつよう)なのは……

たよれるお母さんだ！

わあ、超デカいにわとり。

さあさあ、
かわいい子どもたち。
こわいのはわかるけれど、
このひどい場所から
出られるのはいまだけなのよ。
チャンスは一度
しかないわ。
わかる?

いい子たち、

ちっちゃなにわとりたち、
いいぞ！ 走れ!

116

ママと逃げるのよ！

ミスター・ピラニア！
無事だったんだ！
ケガはないか？

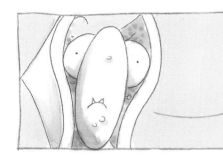

ないピラ。
マヨネーズで体じゅう
べとべとだがな。

そりゃまずいな。

いや、まずくない。
むしろベトベトマヨネーズが好き。

走れ！

あれを、見ろ！
シャッターがとじたら
出られないぞ！

ドア
閉まります

追いつめられた！

もう**おしまい**だピラ！

一生ここから
出られなくなっちゃう！

いまこそオレの
出番だ！

オレをヤツにむかって
投げるんじゃ!
チャンスは1回だ!

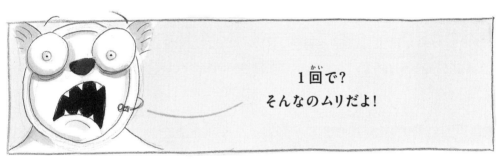

1回で?
そんなのムリだよ!

ウルフ、いいことをさせてくれ。
チャンスなんじゃ。

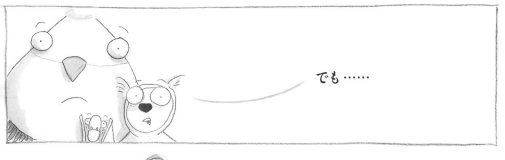

でも……

つべこべいうな！　いますぐに投げろ！
じゃなきゃ、にわとりたちは
えいえんに自由になれないぞ！

さあ、やれ！

ちゃんとあてろよ！
わかったな？

わかった！

おい、かまれたくなきゃ
シャッターを開けろ！

よくできました！

いいかい、オレたちが出たら、
すぐにシャッターを閉めて
警備員たちをとじこめるんじゃぞ。

もし、言うとおりにしなかったら、
なにがなんでもおまえの居場所を見つけて、
夜中におそってやるからな。
わかったか?

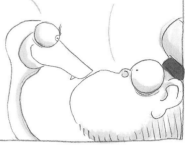

わ、わ、わかりました。

すばらしい!

どうじゃ? ヒーローは
おまえだけじゃない……

わかってたよ!
ずっとわかってた!

わかったから
ハグはよせ。
逃げるぞ。

第9章

ワンチーム

おまえたちを誇りにおもうよ！
10,000羽のにわとりが自由になった。
おまえたちのおかげだ！

オレたち、
このヒーロー作戦に
なれてきた気がする。

ミスター・スネーク、おまえもだ。

ああ、ハグずきのウルフ
その毛むくじゃらの
手でだきつくのは
やめてくれ。

すなおじゃないなぁ!
さあ、ここから
出るか……

でも……

この車、どうしたんだ？！

おまえたちがもどってくるのをまつあいだ、

モンスター・トラックのタイヤをはめて、

ジェットエンジンをつけたワケだ。よかったかな？

もちろんさ！

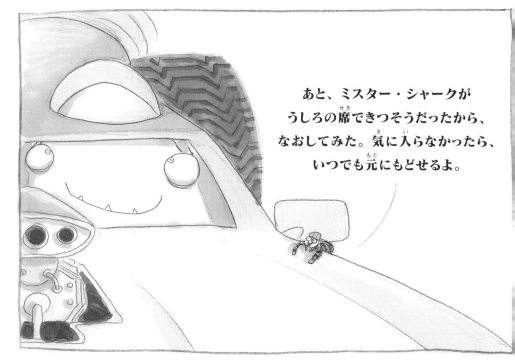

あと、ミスター・シャークが
うしろの席できつそうだったから、
なおしてみた。気に入らなかったら、
いつでも元にもどせるよ。

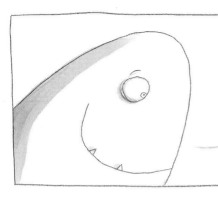

すごい……いいよ、レッグズ。
最高_{さいこう}だ。
きみ、とてもやさしいんだね。
ありがとう。

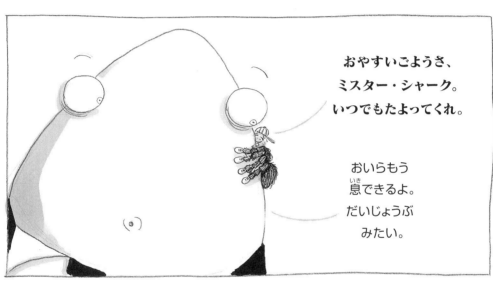

おやすいごようさ、
ミスター・シャーク。
いつでもたよってくれ。

おいらもう
息_{いき}できるよ。
だいじょうぶ
みたい。

キュー！

おい！
いまの
聞_きこえた？

ドドーン！
キューキュー！

なんだ？
古くて気味のわるい家だなぁ。
にわとり農園の近くだ。
……あんな家があるとは気づかなかったな。
にわとりがまよいこんだか？

にわとりって
あんな鳴き声だっけ？

だれもいない。空き家だね。
かんちがいだったみたいだ。

いや、そうでもないピラ。
完全に空き家じゃなさそう……

マーマレード

これ、見ろよ！

モルモットだ！
こんなところに、ひとりで
なにしているんだ？

マーマレードっていう
名前みたいだピラ。かわいいな。

マーマレード

こんばんは、マーマレード。

オレたちヒーロークラブ。

助けにきてやったぞ！

さあ、ちっちゃなマーマレード。
自由を楽しむんだ！

じゃあな、ちっちゃいの。

ヒーロークラブ？

ヒーローだって？

ヒーローだからって、
オレ様のにわとり農園に侵入して、
オレ様のにわとりを逃がして
かまわんと思ってんのか？

それでなんのおとがめもない
と思っているのか？
このおとしまえをつけてやるぞ。

ゼッタイにな……

ぜったいに
しかえし
してやる！

ヒッヒッヒッヒッ！
ヒッヒッヒッヒッ！

バッドガイズ ❷
にわとりたちを救いだせ！

2020 年 12 月 15 日　初版第1刷発行

作者 ◆ アーロン・ブレイビー
訳者 ◆ 中井はるの

発行人 ◆ 廣瀬和二
発行所 ◆ 辰巳出版株式会社
〒160-0022 東京都新宿区新宿 2-15-14 辰巳ビル
電話 03-5360-8956（編集部）　03-5360-8064（販売部）
http://www.TG-NET.co.jp
印刷・製本所 ◆ 図書印刷株式会社